Hervé Hernu

À la poursuite du trésor

Une aventure de Léo Lemoine

RAVET-ANCEAU

Dans la même collection

1. *Tueur nain,* de Bénédicte Boullet
2. *Pas de braderie pour Charlie,* de J. Wouters
3. *SOS corsaire,* de Ludovic Bertin
4. *L'inconnu de Wazemmes,* de J. Wouters
5. *Panique au château,* de Geneviève Reumaux
6. *Sous le clair de lune,* d'Hervé Hernu
7. *Le gang du Sébasto,* de J. Wouters
8. *Fugitif !,* de Bénédicte Boullet-Bocquet
9. *Mission dinosaure,* de Nancy Guilbert
10. *Le mystère de l'abbaye,* de Christine Vauchel

Du même auteur

Humanité envolée, in *De sang* (Coll. Polars en Nord Ravet-Anceau, 2015)

À sens unique (Coll. Polars en Nord Ravet-Anceau, 2015)

Les murmures de l'ange (Coll. Polars en Nord Ravet-Anceau, 2014)

Sous le clair de lune (Coll. Polars en Nord Junior Ravet-Anceau, 2015)

Le secret de la clé perdue (Les éditions du Net, 2013)

La porte close (Les éditions du Net, 2013)

Merci aux juniors du comité de lecture : Baptiste, Gabrielle, Hugo, Inès, Julie, Julien et Matéo.

Les éditions Ravet-Anceau remercient la Région Nord-Pas de Calais de son soutien

RÉGION NORD-PAS DE CALAIS

1

Observation suspecte

– Et voilà ! s'exclama papa, tout fier d'avoir réussi à poser la dernière vis.

Léo Lemoine, 9 ans, eut un large sourire de satisfaction. Cela faisait un peu plus d'un mois qu'ils avaient emménagé ici, dans cette petite maison de campagne, à Écoivres, tout près d'Arras. Depuis le déménagement, Léo dormait sans volet. Ce qui n'avait pas posé de problème en soi, mais le lever du jour le réveillait trop tôt et les bruits de la nuit, parfois, gênaient son sommeil.

À présent, il dormirait mieux.

– Génial, p'pa ! Merci !

– Bonne nuit, Léo.

Papa s'éclipsa en refermant la porte derrière lui. À présent seul dans sa grande chambre, Léo se laissa aller sur le lit. Le volet était encore ouvert. La lune, dehors, brillait de mille feux. Les souvenirs de la journée passée lui revinrent en mémoire.

Après l'école, avec son voisin et nouvel ami Badou, un petit garçon fan de football, ils avaient rendu visite à leur voisine d'en face, Rébecca Hoyt. Elle vivait dans sa grande maison avec pour unique compagnie son chat noir. Le félin n'aimait pas les deux garçons et sortait les griffes dès qu'il les voyait. Ils avaient tous les trois bu le thé, confortablement installés dans le canapé. Deux semaines plus tôt[1], Léo avait participé à l'arrestation de deux vagabonds qui menaçaient Mme Hoyt et avaient tenté de la cambrioler. Ils convoitaient le trésor de la famille Hoyt. Encore aujourd'hui, Léo ne savait pas où le trouver.

1. Référence à la première aventure de Léo Lemoine, *Sous le clair de lune*, coll. Polars en Nord Junior, n° 6, paru en février 2014.

Mais Léo avait plus d'un tour dans son sac, et il avait déjà réfléchi à l'endroit où il pouvait être dissimulé. La voisine au chat noir avait laissé supposer qu'il se trouvait à proximité de là où il dormait. Léo avait donc présumé qu'il était dans sa propre maison. Elle avait appartenu à une époque à Margareth Diard, l'amie de Mme Hoyt, décédée voilà une année.

Un autre problème survenait dans toute cette histoire. Depuis un an, Victor, le mari de Mme Hoyt, avait disparu sans laisser de trace. Le village tout entier pensait qu'elle l'avait assassiné et comme il manquait à l'appel, elle ne pouvait démentir ces méchancetés.

La veille encore, on avait lancé des œufs sur sa maison. Elle avait même trouvé un tag sur sa porte : le mot « SORCIÈRE » y avait été inscrit en lettres rouges. Léo et Badou lui avaient donné un bon coup de main pour repeindre.

Maman aimait bien Rébecca, Léo l'adorait. Il lui arrivait souvent, dernièrement, de se rendre chez elle après la classe pour bavarder autour d'un bon thé et de succulents petits biscuits que seule Rébecca savait préparer.

Une nouvelle amie que Léo aiderait pour dissiper les soupçons pesant sur elle. Pour des raisons tout à fait exagérées, on l'accusait d'avoir tué son mari.

22 h 30. La nuit dehors était tranquille. Léo alla éteindre la lumière de sa chambre, elle était à présent seulement éclairée par la petite lampe de chevet. Il jeta un œil à un gros carton entrouvert au pied de son lit, sur lequel était écrit « DÉTECTIVE ». Un sourire aux lèvres, il entendit du bruit à l'extérieur. De nature curieuse, il se dirigea jusqu'à la fenêtre.

La lune éclairait le territoire sous un ciel bien découvert. En face, le grand cimetière s'étendait derrière les gros arbres.

Quelque chose d'anormal attira son attention.

La maison de Mme Hoyt était éclairée. Il semblait y avoir de l'agitation.

Fronçant les sourcils d'étonnement, Léo se demanda ce qu'elle pouvait bien faire au beau milieu de la nuit. Il ouvrit la fenêtre. L'air était encore chaud en ce mois de septembre.

Quelque chose d'autre l'intrigua. Dans la rue, une voiture qu'il n'avait jamais vue était garée sur le parking du cimetière, à quelques mètres de la maison de Rébecca Hoyt.

La portière s'ouvrit, Léo baissa la tête aussitôt en grelottant de peur. Un individu avec une casquette foncée sur la tête et un long manteau noir se déplaça. Il traversa la route vers sa demeure pour rejoindre le trottoir. Léo le vit disparaître derrière les petits arbustes.

Intrigué, il ferma les volets et s'engouffra sous la couette. On était jeudi soir. Demain, il y avait classe et il était tard. Il frissonna au moment où son chien Goofy, âgé de 4 ans, aboya depuis le rez-de-chaussée. Sentant que quelque chose d'étrange se préparait, il ferma les yeux, persuadé que, quoi qu'il arrive, il trouverait la solution.

Comme toujours, en menant l'enquête !

2

Un trou énigmatique

Le lendemain matin, le carillon de la porte d'entrée résonna dans le couloir, réveillant Léo en sursaut. Il se redressa dans ses couvertures, plongé dans l'obscurité. Première nuit avec les volets, premier réveil dans le noir. Le radioréveil indiquait 7 h 48. Il était bien tôt pour recevoir de la visite !

Il se leva et alla ouvrir les volets. Dehors, un soleil magnifique inondait la rue. Un large sourire aux lèvres, le jeune garçon sortit de la chambre et descendit délicatement les marches. Des voix provenaient du salon.

– C'est une très jolie maison, vraiment, dit une voix féminine.

Léo serra les dents.

– Merci, répondit Valérie, la mère de Léo. Je suis ravie qu'elle vous plaise.

L'instant d'après, Goofy aboya fort.

– Oh ! Tais-toi, bon sang !

Léo entendit maman l'amener au jardin et refermer la porte.

– C'est exactement le style que je recherche dans le village. C'est extraordinaire !

Cette voix ne lui était pas inconnue, mais Léo fut incapable de se souvenir d'où il la connaissait. Il dévala les toutes dernières marches pour les rejoindre dans le salon.

Une grande et jolie femme à la longue chevelure dorée se tenait de profil, face à sa mère. Elles portèrent toutes deux leur attention sur lui lorsqu'il apparut.

– Bonjour, Léo. Bien dormi ?

Le petit garçon hocha la tête en bâillant.

– Bonjour, Léo.

Décidément, cette femme, il la connaissait. Mais oui ! Elle travaillait à l'école depuis une semaine seulement, en tant que stagiaire, dans le bureau du directeur « La

Flûte », comme on l'appelait. *Euh, enfin, Terlutte,* se corrigea-t-il intérieurement.

– Mademoiselle Sabiet, dit Léo.

Elle souriait devant son expression ébahie.

– Pas d'inquiétude, Léo. Il n'y a aucun problème par rapport à l'école. Non, je suis ici car je tournais dans le village. Je suis à la recherche d'une maison à vendre pour m'installer dans le quartier.

Léo coula un regard interrogateur et inquiet vers sa mère. Cette dernière secoua légèrement la tête.

– Non, nous n'allons pas lui vendre la maison. Mlle Sabiet cherche juste une maison comme la nôtre.

– Ah ! D'accord !

Léo fut soulagé de savoir qu'ils n'allaient pas, encore une fois, déménager. Il n'avait pas tout saisi en descendant, mais il fallait dire que le réveil était plutôt dur.

Il alla jusqu'à la cuisine où il prit son petit déjeuner. Goofy l'observait à travers la porte vitrée, le regard triste. Léo le fit entrer.

Le border collie, avec son œil droit taché de marron, tel un pirate, lui sauta dessus pour lui lécher la joue. Léo le repoussa pour aller finir de manger.

La discussion entre les deux femmes se poursuivit. Elles allèrent directement au jardin en passant devant la table.

Léo avala un grand verre de jus de fruits frais puis il rangea ses couverts sales, passa un coup d'éponge sur la table pour aider sa mère qui nettoyait la cuisine tous les jours, avant de se diriger vers sa chambre pour se préparer. Mais un cri l'arrêta net dans sa démarche.

– GOOFY !

C'était la voix de maman, visiblement très mécontente. Alors que le chien courait dans la direction du jardin, Léo le suivit, perplexe. Il sortit les rejoindre. Sur la gauche, maman et la jolie blonde de l'école regardaient le potager.

– Qu'est-ce que tu as fait, petit brigand !

Au beau milieu du jardin, un énorme trou avait été creusé. Les légumes et les fleurs, sur le côté, étaient piétinés. Tout était saccagé.

– Je n'en peux plus ! se lamenta maman.

Léo examina. On avait bel et bien creusé. Il jeta un œil à Goofy, se remémorant que lorsqu'il lui avait sauté dessus en entrant quelques minutes plus tôt, ses pattes ne portaient aucune trace de terre.

Ce n'était donc pas lui le responsable.

– Faut-il que je mette une clôture pour protéger tout ça ?

Elle pensait à voix haute. Mlle Sabiet serra les dents, manifestement désolée pour elle.

– Ah, vous savez, les animaux…

Léo ne dit rien. Il trouvait cela plutôt étrange, mais mieux valait ne pas faire paniquer maman. Il se rappela la nuit dernière. Dans la rue, il avait vu un individu avec une casquette. Pouvait-il être le responsable ? Pour quelle raison ?

Maman et Mlle Sabiet rentrèrent. Léo regarda son chien.

– Il y a quelque chose de mystérieux dans cette histoire, Goofy.

Il s'avança entre les branches. Tout était fichu. Il fit la moue. Puis quelque chose attira son attention. Sur le côté, à quelques mètres, près de la clôture, un objet jonchait sur le sol. Léo alla le ramasser. Il s'agissait d'une casquette de couleur marron.

Ses yeux s'agrandirent de surprise. L'homme de la veille portait cette même casquette. Plus aucun doute, c'était bien lui le responsable ! Il était entré dans le jardin en pleine nuit pour creuser. Léo retourna à l'emplacement du trou dans la terre. Il réfléchit.

Qu'y avait-il ici pour que cet homme énigmatique pénètre leur propriété en pleine nuit ? Léo ne voyait rien. Juste cet indice. Se grattant le crâne du bout des doigts, il reprit le chemin de la maison.

Dans le salon, Mlle Sabiet s'apprêtait à partir, saluant maman. Léo les observa avant d'avoir une idée.

– J'irai faire un tour dans le village, dit-il, voir s'il n'y a pas une maison à vendre pour vous, si vous voulez !

Mlle Sabiet le salua avec un grand sourire, en le remerciant.

Puis, soucieux, Léo alla vite se préparer. L'heure tournait, et maman devait les emmener à l'école, Badou et lui.

3

Le tout premier bisou

– Bravo à toi, Léo, tu as obtenu la meilleure note de la classe !

Léo, tout sourire et tout fier, haussa lentement les épaules. Il avait travaillé dur pour obtenir une bonne note en mathématiques. Il fallait dire qu'il avait eu un peu d'aide de la part de Mme Hoyt. Elle était brillante en calculs, et il se réjouissait à l'avance d'aller lui porter la bonne nouvelle le soir même.

Aurélie Caron, une jolie fille brune aux crolles anglaises impeccables et à l'attendrissant regard noisette, lui fit un petit clin d'œil. Léo sentit ses joues s'empourprer.

Badou, dans son coin, observa silencieusement la scène.

Une heure plus tard, la récréation débutait. Avec Badou, ils s'apprêtaient à jouer au ballon au fond de la cour. Léo n'aimait pas tellement le foot, mais il s'agissait du sport préféré de son nouvel ami. Léo, lui, était passionné de danse. Il en faisait depuis quelques années déjà au centre Artistik Studio, à Arras.

Pour l'heure, il aimait passer du bon temps avec Badou. Le grand garçon à la couleur de peau foncée s'était bien moqué de lui auparavant. Mais leur amitié était née suite aux mésaventures qu'ils avaient vécues ensemble.

Aurélie vint les rejoindre, proposant de jouer aux billes.

– Les billes, c'est pour les filles ! répliqua Badou.

Léo n'était pas d'accord.

– Tu crois pouvoir la battre à plate couture dans ce cas ?

Badou ne dit rien. Il réfléchit.

– Bon, dans ce cas, proposa-t-il, je vais faire un petit tour aux toilettes, et ensuite on attaque la partie. Je vais vous mettre une raclée !

Léo eut un petit sourire en coin, persuadé de pouvoir battre son camarade. Il l'observa s'éloigner vers les toilettes lorsque le contact des lèvres de la jeune fille rencontra la peau de sa joue.

Il eut un bref mouvement de recul et la contempla. Elle sourit, leva les yeux au ciel puis distribua les billes.

Son odeur était douce et agréable. Tout comme sa présence. Aujourd'hui, elle faisait un pas vers lui. Encore. De toute évidence, Aurélie l'aimait beaucoup. Et lui aussi…

– Tu es gêné ? demanda-t-elle.

Léo secoua faiblement la tête, mal à l'aise.

– Non, non… je…

Badou vint les rejoindre. Il avait l'air ailleurs et, manifestement mécontent, ne porta pas de regard à son ami.

– Alors, on la fait, cette partie, que je vous prouve que c'est un jeu de filles !

Léo acquiesça, tête baissée. Il ne put s'empêcher de sourire encore, avec ce sentiment étrange qui lui faisait palpiter le cœur plus vite lorsqu'il pensait à ce doux baiser déposé sur sa joue. Que cela signifiait-il, au juste ?

Léo se laissa bercer par le jeu, oubliant presque le trou mystérieux du jardin ce matin ainsi que le comportement étrange de sa voisine d'en face durant la nuit.

4

Une disparition inquiétante

Après la récréation, Mme Papin leur avait donné des exercices de français. Un peu de travail de conjugaison. Léo préférait moins cette partie de l'école. C'était un peu lassant, mais il fallait le faire. Après tout, il aimait lire, parfois.

Son esprit n'arrêtait pas de revenir à Aurélie. La jeune fille l'avait fait rougir, il se sentait bête et, pourtant, cela était tout à fait naturel. Du moins, c'est ce qu'il pensait.

Dans la cour, Badou avait perdu la bataille de billes contre elle. Cela lui en avait bouché un coin, il ne l'avait plus ramenée. Mais Badou avait un comportement étrange.

Il n'adressait plus la parole à Léo, ou s'il répondait à ses questions, c'était sèchement et sans le regarder. Serait-ce à cause du jeu ?

En arrivant à Écoivres, Badou rentra directement chez lui. Son père, Habib Sonko, l'attendait à la porte. Il remercia maman de conduire son fils à l'école tous les matins. Elle proposa gentiment qu'il vienne prendre le goûter avec Léo chez eux mais Badou refusa, prétextant être un peu fatigué.

Peu importe, cela lui passerait. Léo se réfugia lui aussi dans sa chambre après le goûter. Un énorme carton trônait là depuis deux semaines. Carton qu'il avait trouvé dans le sous-sol de la maison et dont ses parents ne s'étaient pas débarrassés. À l'intérieur, les dernières affaires de Margareth Diard, l'ancienne propriétaire de la maison dans laquelle ils vivaient aujourd'hui. Léo avait voulu les transmettre à Mme Hoyt, mais elle avait refusé. Peut-être que cela lui faisait du mal de penser à elle. Un peu comme lui à propos de sa grand-mère, partie depuis deux ans déjà. Les souvenirs étaient toutefois encore intacts, et Léo savait que cela faisait partie de la vie.

Il avait donc tout gardé. Les quelques bibelots, des photographies anciennes... Il y en avait une que Léo adorait : la famille Hoyt et Mme Diard dans le salon de Rébecca, devant la cheminée. Il la regarda encore. Elle évoquait des souvenirs peut-être trop douloureux, en effet. Car Victor, le mari de Rébecca, avait disparu voilà plus d'un an. Sans donner de nouvelles. Comme volatilisé.

Léo était triste pour la pauvre dame. Il lui fallait retrouver M. Hoyt, pour la déculpabiliser. Il lui avait promis. Encore faudrait-il avoir une piste !

Il descendit en toute hâte et attrapa la laisse de Goofy pour aller faire un tour.

– Maman, je sors quelques minutes chez Mme Hoyt !

Il claqua la porte aussi sec. Après avoir traversé la rue, il alla directement frapper trois coups chez la voisine. La peinture de la veille était encore fraîche et collait légèrement sur sa peau.

– Hey ! cria une voix dans son dos.

C'était Badou. Il le rattrapa.

– Tu viens montrer ta bonne note à ta deuxième institutrice ? lança-t-il sur un ton moqueur.

Léo haussa les sourcils d'étonnement.

– Oui. Serais-tu jaloux ?

Badou éclata de rire, mais il ne le regarda pas droit dans les yeux.

– Non, pas du tout. Tant mieux pour toi !

Léo considéra la porte close. Goofy renifla le seuil. On ne répondait pas. À l'intérieur de la maison, le silence régnait.

– Bizarre, Mme Hoyt répond toujours quand je frappe.

– Elle ne sait peut-être pas que c'est toi ! suggéra Badou.

– Si. On a un code. Je tape trois coups et ne sonne surtout pas.

Léo leva la tête. Les volets des chambres étaient ouverts.

– Non, il y a un truc bizarre...

Badou le regarda s'approcher de la fenêtre. Même le chat noir ne se donna pas la peine d'apparaître pour narguer Goofy comme il aimait le faire. Curieux...

– C'est de plus en plus surprenant. Hier soir, sa maison était tout illuminée. Je ne comprends pas...

– Viens, on va voir derrière, lui proposa Badou.

– Bonne idée.

Ils contournèrent la propriété pour longer le mur jusqu'à l'entrée du cimetière. Au-delà, tout au fond à droite, se trouvait un accès sur le jardin de la maison des Hoyt. Léo fut stupéfait de constater que la grille était grande ouverte.

– Ce n'est pas normal. Mme Hoyt ne passe jamais par là.

Badou comprit son inquiétude. Ils s'engouffrèrent dans les broussailles du jardin, avec Goofy qui reniflait tout sur son passage. Léo observait les fenêtres du premier étage mais rien ne semblait anormal.

Pourquoi ne répondait-elle pas ?

En arrivant devant la porte de la véranda, Léo s'immobilisa. Goofy aboya soudain.

– Qu'est-ce qu'il y a ? demanda Badou, attentif.

– Regarde !

Il lui montra la vitre du doigt. La porte était ouverte, du verre brisé répandu sur le carrelage. De toute évidence, on était entré par effraction.

– Ne touche à rien, surtout ! anticipa Léo.

Son cœur accéléra son galop. Ses mains devinrent légèrement moites tant le stress et l'inquiétude le gagnaient. Il entra le premier, suivi de son ami.

– Madame Hoyt ?

Mais il n'eut pour seule réponse que le lourd silence des lieux.

De plus en plus inquiet, Léo se fraya un chemin jusqu'au salon.

Il resta sans voix, pétrifié de peur devant ce qu'il découvrit.

Tous les meubles étaient sens dessus dessous. Des papiers, des lampes explosées sur le sol, les tiroirs grands ouverts, débordant de paperasse. Un cambriolage ! Même les coussins des canapés étaient défaits, déchiquetés.

– Punaise, ça fait peur ! lâcha finalement Badou.

– Madame Hoyt ? risqua Léo.

Aucune réponse, encore une fois. Parce que Mme Hoyt avait disparu et que quelqu'un était entré chez elle pour y semer la pagaille.

Léo sut à cet instant que quelque chose, effectivement, n'allait pas bien du tout.

5

Où est donc passée Mme Hoyt ?

Les deux garçons s'étaient précipités chez Léo pour avertir Valérie. Cette dernière avait immédiatement appelé les secours. Les gendarmes avaient investi les lieux rapidement et ils patientaient à présent dans le salon de la maison afin d'interroger les deux garçons. Léo, sourcils froncés, serrait les lèvres d'inquiétude. Badou, lui, était appuyé contre le dossier du canapé, décontracté.

– Qu'avez-vous vu ?

C'était le plus grand des deux gendarmes qu'il avait déjà vus deux semaines plus tôt, embarquant les deux malfrats qui avaient tenté de voler le trésor de la famille Hoyt.

– Il y avait quelque chose d'inhabituel, expliqua alors Léo. Mme Hoyt répond toujours à mes trois coups à sa porte. Cette fois-ci, rien. Nous avons fait le tour de la maison, les portes étaient ouvertes, une fenêtre brisée. Dans la maison, nous n'avons touché à rien. Tout était éparpillé sur le sol, comme si quelqu'un avait fouillé.

Léo réfléchit. Le gendarme acquiesçait en silence.

– Mme Hoyt vit seule chez elle depuis la disparition de son mari, il y a un an. Les gens du village pensent qu'elle l'a tué, mais c'est faux. Et je compte bien le prouver.

Le flic ricana. Léo le fixa droit dans les yeux.

– C'est peut-être une blague de mauvais goût de la part de petits rigolos qui se prennent pour je ne sais qui ! reprit-il. Je suis inquiet pour elle. Cela s'est produit hier soir, vers 22 heures.

Le silence s'installa dans la pièce, tous les regards convergèrent vers le jeune garçon aux cheveux ébouriffés. Ses yeux verts cernèrent chacune des personnes présentes avant de revenir sur le gendarme.

– Il y avait de la lumière dans toute la maison.

– Ne crois-tu pas que les cambrioleurs agissent dans le noir ?

Léo haussa les épaules.

– D'ordinaire, on pourrait le croire. Mais pour être le plus discret possible, ne faut-il pas bien se montrer ?

Le flic écarquilla les yeux. À vrai dire, il n'y avait pas réellement songé. Le jeune garçon savait que la plupart des gens ne prêtaient pas attention à ce qui semblait normal. Pour échapper aux soupçons, il fallait agir comme si tout était naturel. Le fait de tout allumer dans la maison n'avait donc attiré aucun regard, alors que la lueur d'une lampe de poche aurait semblé étrange. C'était évident.

– Bien. Nous allons mener notre enquête. Nous avons prélevé des empreintes, je ne sais pas si cela donnera quelque chose.

Les deux flics se dirigèrent vers la porte en remerciant maman, Léo et Badou. Puis le silence retomba, abominable devant l'incompréhension de cet évènement bouleversant.

Une heure plus tard, juste après le dîner, Léo et Badou quittèrent la maison. Ils avaient dû sortir discrètement pendant que les parents regardaient la télévision. Le garçon n'affrontait toujours pas Léo du regard.

Que se passait-il dans sa tête, bon sang ? Encore cette histoire de bonne note et de billes !

Pff, ridicule !

– Allez, on va bien trouver quelque chose.

Ils entrèrent de la même manière que plus tôt dans la journée. Par-derrière. L'accès était toujours ouvert, les policiers n'avaient pas refermé la porte. De toute façon, la vitre, à l'arrière, était brisée.

Dans la maison, le silence régnait. Même le chat noir de Mme Hoyt manquait à l'appel. Ils se frayèrent un chemin jusqu'au salon, allumèrent la lumière principale qui grésilla avant d'éclairer la pièce en entier. Léo observa bien la salle. C'était le chaos. Comment trouver des indices dans ce fichu bazar ?

Il alla ramasser la lampe halogène pour la remettre debout dans un nuage de poussière. Le vieux canapé, dans le coin, était déchiqueté. Il faudrait sans doute le remplacer par un neuf. Si Mme Hoyt revenait chez elle…

Un petit pincement pressa le cœur du jeune garçon. Triste pour sa gentille bien que mystérieuse voisine, Léo inspira l'air à pleins poumons. Sur la cheminée, un vase bleu n'avait pas bougé.

Cela l'intrigua. Sur le sol, à ses pieds, traînait une photographie. Il la reconnut aussitôt. C'était celle qu'il avait imprimée quelques semaines plus tôt, représentant Rébecca Hoyt avec son amie Margareth devant la maison des Lemoine. Un gros pot de fleurs sur la gauche. Il la rangea précieusement dans sa poche.

– Bon alors, qu'est-ce qu'on cherche ? demanda Badou.

Léo secoua faiblement la tête. Il ne savait pas par où commencer. Il se souvenait d'un cliché représentant les Hoyt avec Margareth devant cette cheminée. Le vase bleu… Il était légèrement penché sur la gauche ici. Bizarre.

Intrigué, Léo s'approcha, leva les bras pour le soulever. Badou, étonné, fit de gros yeux. Sous le vase, un morceau de scotch maintenait une vieille clé. Léo la détacha, reposa le vase et la scruta un moment. Badou s'approcha.

– Tu crois qu'elle ouvre quoi ? s'enquit son jeune ami.

Léo réfléchissait. Cela paraissait presque évident.

– Le coffre au trésor…

Sa voix s'éteignit dans le lourd silence de la nuit tombée. Du bruit, dans leur dos, les fit sursauter. Les deux garçons s'observèrent du regard, inquiets tant par ce qu'ils avaient découvert que par ce que le bruit signifiait.

Des pas, depuis la cuisine, les firent trembler.

L'instant d'après, une silhouette encapuchonnée apparut dans l'ouverture de la porte.

Le malfaiteur était revenu. Ils étaient pris au piège.

6

Sauve qui peut !

La panique s'empara de leurs petits corps, l'adrénaline était à son maximum.

– Cours ! hurla Léo.

Badou hurla à son tour vers les aigus, à pleins poumons. Léo s'élança vers la porte d'entrée. Il tira sur la poignée mais rien ne se produisit.

Impossible de passer par là. C'était fichu. Il s'éloigna dans le petit couloir rejoignant la cuisine. Badou ne le quittait pas d'une semelle. Le petit brun touffu fit bien attention à ce qu'il le suive de près. Il ne fallait pas qu'il disparaisse à son tour...

– Suis-moi !

Ils continuèrent. La silhouette noire, derrière eux, bifurqua dans le couloir.

Ils se ruèrent vers la porte grande ouverte du jardin. Pourquoi Léo n'avait-il pas pensé à emmener son appareil photo numérique ? Il aurait ainsi pu prendre quelques clichés pour preuves !

Leurs muscles raides se réveillèrent brusquement dans leur course déchaînée. Badou hurla derrière lui.

L'individu s'approchait vite.

Ils slalomèrent entre les arbustes pour parvenir jusqu'à la grille. Au beau milieu de l'ouverture, le chat noir apparut, crachant méchamment sur eux.

– Va-t'en ! s'écria Léo.

Ils poursuivirent leur fuite. Dans la panique, Léo avait presque oublié ce qu'il avait fait de la clé. Inquiet, il continua à courir jusqu'à la lumière de la rue, traversa la route et se retourna sur lui-même une fois arrêté. Badou le rejoignit une seconde plus tard. Mieux valait rentrer, et tout de suite. Il n'y avait personne derrière eux.

Ils retournèrent chez Léo, où Badou devait passer la nuit.

Léo fit aussitôt ses poches. La clé était là. Ouf !

Une fois dans sa chambre, il respira profondément pour récupérer. Badou paraissait tout aussi inquiet que lui.

Une bonne demi-heure fila à son radio-réveil, personne ne sortit de l'ombre de la maison d'en face. Mme Hoyt avait disparu. Le cambrioleur et kidnappeur de la pauvre dame s'était volatilisé. Il était probablement loin à présent.

C'était le premier problème. Le second concernait l'intrigue de la veille : pourquoi avait-on creusé un trou dans le jardin ?

Léo était persuadé que le mystérieux individu reviendrait ce soir parce qu'il n'avait pas trouvé ce qu'il cherchait.

Les deux détectives préparèrent minutieusement le coup.

Suite des opérations : placer l'appareil photo à la fenêtre de la chambre de Lucie, sa sœur, qui donnait directement sur le jardin. Ils le mirent sur pied et à la bonne hauteur. En position automatique, avec flash, et en mode rafale. Premier test de la télécommande à distance : OK.

Parfait, il ne leur restait plus qu'à investir une bonne planque dans le jardin.

L'ordinateur des parents de Léo, qu'il gardait encore ce soir dans sa chambre, émit un bip sonore qu'il connaissait bien. Facebook.

Son cœur fit un petit bond dans sa poitrine. Il alla jusqu'au bureau, bougea la souris pour faire apparaître la fenêtre. La page de son profil apparut. Il y avait un message. Il cliqua sur le lien.

Aurélie. Ses joues s'empourprèrent. Il repensa au petit baiser, à l'école, et fit bien attention que Badou reste loin derrière lui, occupé à la préparation de leur mission secrète de la nuit.

Léo ouvrit le message : *Re Léo, je suis contente que nous ayons pu jouer à la récré. Je suis impatiente de te revoir. Je pourrais venir dimanche après-midi ? Bisou.*

Il resta bouche bée, le cœur martelant sa petite poitrine fragile. Cette brune aux yeux noisette, elle lui faisait de l'effet. C'était étrange, il avait cette curieuse envie de la revoir. Son cœur palpitait, ses paupières clignaient, ses mains devinrent moites. Il resta tétanisé devant l'écran du PC durant un moment. Tous les sons semblaient s'être envolés autour de lui. Il avait l'impression d'être entièrement seul. Mais cela ne dura que quelques instants.

– Qu'est-ce que tu fabriques ?

La voix de Badou venait de loin, brutale, soudaine, ce qui le fit sursauter. Léo bégaya.

– Euh… Rien… rien du tout.

Avant que Badou ne puisse lire quoi que ce soit, il rabattit l'écran de l'ordinateur portable sur le clavier.

– On y va ?

7

Opération sous contrôle

22 heures. Ils s'installèrent dans le jardin, étendus à plat ventre sur une couverture posée à même le sol derrière un buisson.

Une araignée avait tissé sa toile juste au-dessus de leur tête. Il ne fallait pas bouger. Badou en tremblait. Léo patienta, la télécommande de son appareil photo en main.

– Tu as reçu un message d'Aurélie ? demanda alors Badou.

Léo tourna la tête vers lui, mais ce dernier semblait ne pas vouloir l'affronter du regard. Étrange, encore une fois.

– Oui.

Silence. Ils examinèrent le jardin sous le buisson. Le noir oppressant de la nuit inondait l'espace tout entier. Badou semblait presque invisible dans cet univers à cause de sa couleur de peau.

– Tu voulais me le cacher ? demanda-t-il.

Léo se sentit mal à l'aise.

– Non, pas du tout... C'est que... Eh bien, ce n'est rien. Enfin, pas grand-chose.

– Ouais, cause toujours.

– Qu'est-ce qu'il y a, Badou ?

– Non, rien. Rien du tout.

Léo se pinça les lèvres.

– Tu m'en veux pour la bonne note que j'ai obtenue ou parce que tu as perdu au jeu de billes ?

Badou détourna la tête avant de lui mettre un coup de coude dans le bras.

– Aïe !

– Regarde ça ! chuchota-t-il.

Du bruit, au fond du jardin. Des pieds franchirent la clôture pour venir se poser sur le sol. Quelqu'un venait d'entrer dans la propriété et se frayait un chemin dans l'herbe jusqu'à la cabane. La porte s'ouvrit dans un grincement, l'individu entra à l'intérieur pour en ressortir deux secondes plus tard.

Léo retint sa respiration, leva le bras et pressa le bouton de la télécommande. Un instant plus tard, un flash de lumière blanche inonda le jardin. L'intrus se figea, se retourna sur lui-même, observateur, puis continua.

– Ouf, il n'a pas encore remarqué l'appareil. D'ici, je l'ai eu, c'est sûr !

Badou acquiesça. Son cœur se mêlait à la course de celui de Léo. Ils patientèrent quelques minutes encore. L'homme vint près d'eux, dans le jardin potager, et se mit à creuser. Un, deux, trois puis quatre trous. En râlant à chaque fois.

Au dernier moment, Léo pressa le bouton plusieurs fois. Le mode rafale s'était mis en route. Le flash les éclaira longtemps.

Badou pouffa de rire devant la panique du visiteur de la nuit qui lâcha sa pelle avant de s'éclipser dans l'obscurité.

Au bout de quelques secondes, Léo et Badou se redressèrent, anxieux.

– Où est-ce qu'il est passé ? lâcha Badou.

Léo ne voyait plus rien à cause du flash qui les avait aveuglés. Il scruta l'horizon.

– Je n'en sais rien. Il s'est enfui, je crois.

Un craquement, dans leur dos, les fit frissonner. La bouche grande ouverte, ils tournèrent la tête en même temps. Là, debout derrière eux, se dressait la silhouette à la capuche noire.

Ils hurlèrent à pleins poumons avant de déguerpir au plus vite. L'homme les pourchassa en maugréant.

Ils atteignirent la cuisine, refermèrent immédiatement la porte vitrée avant de tirer le verrou. Mais, dehors, il n'y avait plus personne.

L'intrus s'était à nouveau volatilisé.

Léo attrapa la carte mémoire de l'appareil numérique pour la mettre dans l'ordinateur. Les photos étaient géniales. On voyait parfaitement le jardin et le type à la pelle qui prenait peur. Le mode rafale était un bonus. Malheureusement, on ne distinguait pas le visage de l'homme, masqué par la capuche. Ils pourraient juste s'en servir pour disculper Goofy auprès de maman.

Léo était persuadé que la disparition de Mme Hoyt, le cambriolage chez elle et cet individu qui venait creuser des trous dans son jardin avaient un lien. Il leur fallait donc un nouveau plan pour arrêter l'inconnu de la nuit.

Quelque chose lui disait que le trésor des Hoyt était là, tout proche, comme l'avait dit Rébecca. Mais où exactement ?

8

Confidences...

Le carillon de la porte d'entrée résonna dans toute la maison. Léo était tout seul ce matin. Il était 11 heures, maman était partie sur le marché d'Arras, à une quinzaine de minutes en voiture. Là-bas, elle achetait les légumes, les fruits et la viande. Elle répétait toujours qu'on mangeait mieux avec ce qu'elle pouvait y trouver. Léo aimait bien y aller avec elle, mais ce matin ils dormaient encore lorsqu'elle était partie. L'autre jour, Léo lui avait assuré qu'ils étaient assez grands pour se débrouiller seuls.

Il avait raconté leur aventure de la nuit passée à son ami Antoine sur Facebook, jusqu'à ce que l'on vienne sonner à la porte.

Par la fenêtre du salon, il vit une grande et jolie silhouette à la chevelure blonde. Mlle Sabiet, l'assistante du directeur Terlutte.

– Mais qu'est-ce que la secrétaire de M. La Flûte vient faire ici ? s'exclama Badou.

Léo lui sourit.

– Ne prononce pas ce surnom devant elle ! Mlle Sabiet est gentille. Elle cherche une maison dans le quartier.

Léo alla ouvrir. Le sourire que la femme lui fit le gêna presque.

– Bonjour, Léo, ta maman est-elle là ?

Le garçon secoua la tête, les yeux rouges. Ils n'avaient pas bien dormi tous les deux, ils s'étaient couchés tard pour classer les fichiers de leur surveillance nocturne.

– Non, m'dame.

– Oh ! Quand reviendra-t-elle ?

– Dans quelques minutes, certainement.

– Puis-je entrer pour l'attendre ?

– Oui, bien sûr.

Il se recula pour l'inviter à entrer. Elle s'engouffra jusqu'au salon, observant une fois encore la disposition de la pièce.

– Votre maison est vraiment bien. Avec mon futur époux, nous cherchons la même. C'est vraiment bête que tes parents ne veuillent pas vendre !

– Pas étonnant, on vient tout juste d'emménager !

– Oui, je comprends.

– Je peux vous offrir un thé en attendant ? proposa Léo.

Elle accepta volontiers. Badou resta avec elle. Léo revint avec une grande tasse fumante.

– Alors, qu'est-ce que vous faites de beau aujourd'hui ?

– J'ai un cours de danse cet après-midi, dit Léo.

– Moi, je vais jouer au ballon.

– Et les devoirs ?

Les deux garçons se scrutèrent du regard.

– Pas d'inquiétude, je plaisante, précisa-t-elle.

Elle but une petite gorgée, son regard errant dans la pièce.

– Avez-vous un sous-sol ici ?

– Oui.

– Oh, c'est vraiment l'idéal. Pourrais-je le voir ?

Léo haussa les épaules.

– Oui, bien sûr.

Ils quittèrent le salon pour la cave. En bas, il faisait plutôt frais. Les deux garçons, en pyjama, frissonnèrent.

– C'est super ! Spacieux, très peu d'humidité. Cet après-midi, j'ai rendez-vous avec la voisine.

– Elle voudrait vendre ? s'enquit Léo.

– Peut-être. C'est à moi de faire une proposition.

– Où est votre mari ?

– Il travaille aujourd'hui. Je suis seule pour visiter. On verra bien !

Léo pensa à Mme Hoyt.

– Tu n'as rien trouvé, alors ? poursuivit la jolie dame.

Le garçon fronça les sourcils. Il ne comprenait pas sa question.

– Comme maison ? Tu m'avais dit que tu irais voir un peu partout dans le village.

– Oh, non… Enfin, je veux dire, je n'en ai pas encore eu le temps. Disons que nous sommes bien préoccupés en ce moment.

– À cause du trou dans le jardin ?

– En quelque sorte, oui. Mais il y a autre chose, précisa-t-il. Notre voisine, Mme Hoyt, a disparu il y a deux nuits. Quelqu'un a cambriolé sa maison et l'a probablement emmenée avec lui.

Mlle Sabiet écarquilla les yeux d'effroi.

– Seigneur ! C'est affreux. La police est au courant ?

– Les gendarmes mènent l'enquête, oui.

Elle hocha lentement la tête, pensive.

– Si je peux vous aider en quoi que ce soit…

Léo sourit.

– Merci, mademoiselle, c'est gentil.

– Vous savez pourquoi elle a disparu ?

– Pas vraiment, non.

Badou enchaîna.

– On pense que quelqu'un veut trouver le trésor qu'elle a caché il y a un an.

– Oh…

Elle ricana. Ils demeurèrent sérieux.

– Vraiment ?

– Sans déconner, ouais ! Et on a déjà trouvé la clé qui renferme ce trésor !

– Vous l'avez… trouvée ?

– Oui. Hier soir.

Elle resta perplexe. Ils regagnèrent le salon en silence.

9

Intrusions mystérieuses

Maman revint quelques minutes plus tard et discuta avec elle. Les deux garçons filèrent sous la douche. Badou déjeuna avec eux avant de rentrer jouer au ballon chez lui.

Avant de partir, Mlle Sabiet proposa discrètement son aide aux deux garçons. Elle leur conseilla de trouver rapidement le trésor. Léo lui précisa qu'il pensait le découvrir ici, chez lui.

À 14 heures passées, ils quittèrent Écoivres pour la ville. Artistik Studio se trouvait au sud d'Arras. Ils eurent du mal à trouver une place, aussi maman le déposa simplement devant l'entrée. À son arrivée, Antoine, le meilleur ami de Léo, était déjà dans le vestiaire, en tenue de sport et chaussettes.

– Je suis impatient que tu viennes à la maison, Antoine, lui dit Léo. Je suis inquiet pour Mme Hoyt.

– Toujours aucun signe d'elle ?

– Non, rien. Mais…

Léo lui expliqua en détail leurs péripéties.

Antoine afficha une mine anxieuse. Il réfléchissait. Ce soir, il fallait coincer celui qui venait creuser dans le jardin. Léo était certain de faire ainsi d'une pierre deux coups. Ils pourraient libérer Mme Hoyt en échange du trésor. Mais encore faudrait-il le trouver…

À la sortie du cours de danse, Aurélie patientait dans le couloir pour le sien. Lorsqu'elle vit Léo, son regard s'emplit d'étoiles. Il frissonna lorsqu'elle vint lui déposer un nouveau baiser sur la joue. Antoine observa la scène, un large sourire aux lèvres, sans comprendre ce qui se déroulait sous ses yeux.

– Alors, mon cher ami, tu m'avais caché ça ! lui dit-il une fois dans la voiture.

Maman se tourna vers eux.

– Caché quoi ? s'enquit-elle.

Léo pâlit. Il n'avait aucune envie que sa mère le sache. Il détourna l'attention.

– Euh, au fait, maman, j'ai eu une excellente note à l'école hier !

Antoine serra les dents. Maman le félicita. La route fila ensuite tranquillement jusqu'à Écoivres. Les deux garçons se racontèrent leur journée d'école, les nouveaux copains que s'était faits Antoine depuis la rentrée. Il était resté dans leur ancienne école sur Arras, d'où Léo avait dû partir après le déménagement un mois plus tôt. Antoine lui raconta aussi quelques petits évènements survenus entre ses anciens camarades.

Sourire aux lèvres, Léo lui expliqua à son tour comment évoluait sa relation avec Badou. Antoine, finalement, revint à la charge avec Aurélie. Le petit détective, encore une fois, se sentit rougir.

– Oh, mon Dieu !

Les deux garçons regardèrent à l'avant du véhicule. Ils venaient d'arriver devant la maison. La porte d'entrée était grande ouverte. Lucie, la sœur de Léo, était chez une copine pour tout le week-end. Papa était encore au travail à cette heure-ci.

– Maman, qu'est-ce qui se passe ?

De toute évidence, quelqu'un était entré par effraction chez eux.

– Ne bougez pas, les garçons.

Léo défit sa ceinture pendant que maman coupait le moteur. Elle attrapa son téléphone portable et composa le numéro de la police. Léo ouvrit la portière.

– Reste là, Léo ! hurla-t-elle.

Mais le garçon fit simplement le tour de la voiture pour observer la porte grande ouverte. Quelque chose le terrorisa soudain. Des jambes, sur le sol. Il y avait quelqu'un par terre.

Sapristi !

Il s'élança. Maman descendit du véhicule avant de le rejoindre sur le seuil. Léo s'arrêta devant l'ouverture. D'ici, il pouvait voir le carnage provoqué par le cambrioleur à l'intérieur du salon. Il pensa immédiatement à la clé qu'il avait trouvée chez Mme Hoyt la veille. Et le trésor.

C'était une évidence !

Sur le carrelage, la personne inconsciente bougea soudainement. Léo sursauta en poussant un petit cri avant de reculer de trois pas. Il s'immobilisa lorsqu'il reconnut Mlle Sabiet. Elle leva la tête vers lui, un hématome autour de l'œil gauche.

– Mademoiselle Sabiet, est-ce que tout va bien ?

La jolie blonde cligna fortement des yeux avant de s'asseoir en pleurant.

– Oh, j'ai eu si peur.

On entendit des aboiements. Léo releva la tête. Goofy !

Il entra à toute allure pendant que Valérie aidait Mlle Sabiet à se relever. Antoine descendit de voiture à son tour pour les rejoindre.

– Léo ! Reviens ici tout de suite !

– J'ai vu quelqu'un entrer chez vous, expliqua Mlle Sabiet. Un individu cagoulé. Je suis allée crier après lui pour le faire sortir lorsqu'il m'a agressée. Puis c'est le trou noir !

– Mon Dieu. J'ai appelé la police, ils ne devraient plus tarder, dit Valérie.

– J'avais rendez-vous chez la voisine lorsque je l'ai aperçu forcer votre porte depuis ma voiture. Je n'aurais pas dû intervenir.

– Ne vous inquiétez pas, vous êtes en vie. Tout va bien.

Antoine vit Goofy apparaître dans le salon, Léo derrière lui.

– On nous a cambriolés ! lança le garçon, ébahi.

Antoine ne sut quoi dire.

– Bien, maintenant, tout le monde dans la voiture jusqu'à ce que les gendarmes arrivent ! Et on ne discute pas !

10

Une aide précieuse

Les gendarmes avaient rapidement investi les lieux. Les techniciens de la gendarmerie scientifique effectuaient des prélèvements d'empreintes digitales un peu partout dans la maison, prenaient des photos de la scène de « crime ». Pendant ce temps, dehors, un ambulancier auscultait Mlle Sabiet. Léo apprit son prénom à ce moment-là : Bénédicte.

La pauvre femme avait dû avoir si peur lorsque l'individu s'était rué sur elle ! Une chance qu'il ne lui soit rien arrivé de pire que l'hématome qui entourait son œil gauche, qui lui donnait le même air de pirate que celui de Goofy.

Avec tout ce remue-ménage, Badou et son père étaient sortis à leur tour. Inquiets, ils avaient rejoint l'arrière du camion de pompier. Léo et Antoine restèrent avec Bénédicte Sabiet. La pauvre femme était traumatisée mais elle refusa d'aller faire des examens approfondis à l'hôpital.

Elle sortit du fourgon. Maman était avec le gendarme pour établir une liste de ce qui pourrait ou non manquer dans la maison.

Léo était furieux. D'abord la disparition de Mme Hoyt, le cambriolage chez elle. Ensuite, cet individu qui creusait des trous dans leur jardin. Puis le cambriolage chez eux... De toute évidence, quelqu'un cherchait le trésor de la famille Hoyt dissimulé chez les Lemoine, Léo en était persuadé.

– Il s'agissait d'un homme encapuchonné, je n'ai pas vu son visage, précisa Bénédicte.

Léo serra les dents.

– Il vous a vue, il connaît votre visage. Quelqu'un cherche un trésor appartenant à la famille des Hoyt, la dame qui vit en face et qui a disparu.

Mlle Sabiet fronça les sourcils. Léo sortit la petite clé de sa poche. Le regard de Bénédicte se remplit d'incompréhension.

– Je pense que l'intrus cherchait cela, comme Badou vous l'a précisé ce matin. Il ne l'a pas trouvée, ce qui signifie qu'il reviendra ce soir.

Léo constituait un plan dans son esprit.

– Je pense que nous devons nous préparer à cette éventualité.

Antoine buvait ses paroles, patient. Badou aussi. Son père était allé rassurer Valérie.

– Mademoiselle Sabiet, nous aurions peut-être besoin de vous.

Elle hocha frénétiquement la tête.

– Trouvez le trésor et échangez-le contre la liberté de votre voisine ! dit-elle. Voici mon numéro de téléphone. N'hésitez pas à me joindre, n'importe quand ! Il faut absolument trouver ce coffre, le plus vite possible.

Léo était d'accord. Les autres aussi. Une voiture déboula à toute allure dans la rue pour venir se poster à côté d'eux. C'était Alain, le père de Léo, revenant du boulot en quatrième vitesse après l'appel que maman lui avait passé. Léo sentit un petit pincement lui serrer le cœur. À cause de tout cela, ils étaient terriblement inquiets.

Il leur conseillerait tout de même d'aller à la soirée d'anniversaire à laquelle ils étaient invités ce soir, leur assurant qu'ils dormiraient tous chez Badou. Ne restait plus qu'à détourner l'attention de M. Sonko pour qu'il n'en sache rien. À ce niveau, ce serait plus compliqué, mais pas impossible. Léo avait un plan en tête.

Ensuite, trouver ce fichu trésor.

L'aventure se poursuivait.

11

La chasse au trésor

La casquette trouvée dans le jardin lors de la découverte du premier trou était posée sur le parquet. Le carton des dernières affaires de l'ancienne propriétaire à côté, grand ouvert. La clé de Mme Hoyt était dans la poche du jeune garçon qui dirigeait les opérations.

Antoine et Badou étaient assis sur son lit.

– Tu crois que le trésor est enterré dans le jardin ?

Léo secoua doucement la tête en fixant Antoine.

– Non, sinon le type l'aurait trouvé la nuit dernière. C'est lui qui a kidnappé

Mme Hoyt, et donc c'est elle qui l'a orienté vers cette possibilité. Je pense qu'elle a menti.

Badou fit de gros yeux.

– Mais comment en être sûr ? lança-t-il.

Léo eut un petit sourire malin.

– Parce qu'il est revenu. Hier soir, nous aurions tout vu s'il avait trouvé une boîte ou un coffre. Or, ce n'est pas le cas. Il reviendra donc.

– Et comment on va trouver le trésor, s'il existe bien ? demanda Antoine.

Léo alla fouiller le carton grand ouvert. Il en sortit des photos.

– Regardez ça.

Une par une, elles défilèrent dans les mains des trois garçons.

– Mme Hoyt a mentionné que le trésor était caché à la vue de tous. Elle était persuadée qu'en faisant cela, personne ne le trouverait.

Caché mais à la vue de tous... Léo réfléchissait. Il se figea devant une nouvelle photo où l'on voyait l'ancienne propriétaire avec

M. et Mme Hoyt ; quelque chose l'arrêta. Un détail qui ne lui avait pas sauté aux yeux auparavant. Mais là, tout était clair !

– Regardez ! s'écria-t-il à ses deux amis.

Les regards scrutèrent le cliché. Ils ne remarquèrent rien.

– La casquette !

Les trois visages se tournèrent vers la casquette sur le sol de la chambre, pour revenir sur la photo. M. Hoyt la portait sur la tête.

Tout concordait. C'était lui le responsable.

– M. Hoyt a kidnappé sa femme pour lui faire dire où se situe le trésor. Il est venu creuser une première fois, mais n'a rien trouvé. Goofy lui a aboyé dessus, la première nuit, je m'en souviens bien. Il a dû prendre peur et il est parti, perdant sa casquette. Ensuite, il est revenu. Nous lui avons fait peur avec Badou en prenant des photos avec le flash.

– Il reviendra ce soir… Mais où est le trésor ?

Léo eut comme une illumination. Il attrapa la veste qu'il portait la veille. Chez

Mme Hoyt, il avait récupéré la photo des deux anciennes amies devant leur maison. L'énorme pot de fleurs à côté.

– Le trésor est dedans, c'est évident !

Papa et maman étaient dans la cuisine, la télévision était allumée mais le jeune garçon doutait qu'ils la regardent. Ils parlaient probablement de ce soir. Badou avait su se montrer persuasif. Ils iraient tous dormir chez lui. Mais avant, ils coinceraient le méchant.

En attendant, ils sortirent devant la maison et guettèrent la rue. Goofy les suivit pour venir renifler le pot de fleurs. Léo sortit la petite pelle à sable camouflée sous son pull, Badou en fit autant. Antoine les regarda faire. Ils creusèrent, déposant délicatement la terre dans le sachet plastique que Léo avait emmené. Le chien à l'œil au beurre noir aboya en remuant la queue.

Au bout de trois minutes, la pelle de Léo tapa contre quelque chose de dur. Il éclaira l'intérieur du pot. Ses yeux s'agrandirent.

– Il y a quelque chose !

Les trois garçons étaient tout excités. Ils déblayèrent la terre, encore, jusqu'à en extirper une vieille boîte assez imposante, de deux fois la taille d'une boîte à chaussures. Elle était en métal, et verrouillée. Un petit trou de serrure semblait correspondre au diamètre de la clé trouvée chez Mme Hoyt.

En deux temps trois mouvements, ils parvinrent à reboucher le trou et regagnèrent le premier étage.

La clé entra parfaitement, le cliquetis du verrou les fit frissonner. Le couvercle s'ouvrit et, les yeux pétillants, ils découvrirent le trésor : des pièces en or, de vieux objets de valeur, de minuscules statuettes… C'était impressionnant. Cela valait beaucoup d'argent, c'était certain. C'était donc ce que M. Hoyt voulait récupérer par-dessous tout, jusqu'à kidnapper sa propre femme.

Badou, émerveillé, écarquilla les yeux, une idée en tête.

– Et si on gardait tout pour nous ? proposa-t-il.

Les deux autres garçons le dévisagèrent.

– Tu plaisantes ?

– Non. Pourquoi pas ? Ça fait pas mal d'argent de poche, tout ça.

– Hors de question, répliqua Léo.

Le regard du grand garçon se rendurcit.

– OK, Léo. On fait tout comme tu veux, comme d'habitude. De toute façon, y en a que pour toi ! râla-t-il.

Sans s'expliquer, il sortit de la pièce et quitta la maison en furie.

La situation devenait compliquée, mais Léo n'avait pas le temps pour régler ce malentendu. De toute évidence, Badou lui en voulait pour bien d'autres choses.

– Qu'est-ce qui lui prend ? s'enquit alors Antoine, qui ne comprenait pas sa réaction.

– On réglera ça plus tard. Pour l'heure, il faut protéger ce trésor, qui a toute sa place dans un musée. C'est ce que veut Mme Hoyt. La pauvre, elle croyait que c'était aussi ce que voulait son mari.

– Mais ce n'est pas le cas !

– Non. Maintenant, on va revoir le plan à deux. Il faudra faire croire à M. Hoyt qu'il va trouver le trésor. On va sauver ma voisine et, en plus, nous allons pouvoir la disculper du meurtre de son mari. Elle sera lavée de tout soupçon !

12

Point d'observation... sous contrôle !

Les parents de Léo étaient partis depuis deux heures déjà et les deux amis avaient fait semblant de se rendre chez Badou. Sauf qu'ils n'y étaient pas. Situation un peu complexe, dont Léo s'occuperait le lendemain. Pour l'heure, ils s'étaient installés dans la chambre de Lucie, sa sœur, afin de placer l'appareil photo numérique sur son pied, fenêtre entrouverte, pour filmer le jardin. Ils démarrèrent la vidéo à 22 heures précises, grignotant des bonbons par dizaines dans les paquets que maman cachait dans le gros bocal au-dessus du buffet de la cuisine.

Têtes brûlées, langues acides, boules piquantes, crocodiles… Tant de bonheur à déguster en attendant patiemment que le cambrioleur, *alias* M. Hoyt, se manifeste enfin !

Les deux garçons discutaient lorsqu'un bruit survint. Ils se levèrent aussitôt, Léo éteignit la lumière et le haut de leur visage dépassa par le velux. Il jeta un coup d'œil à la caméra. L'enregistrement indiquait trente et une minutes. Il y avait encore de la place sur la carte mémoire.

De la fenêtre, le nez caché du vent et de l'extérieur, ils scrutèrent le décor. Une silhouette encapuchonnée se distingua entre les ombres en zigzaguant à travers le grand jardin.

Le type marchait sur les demi-pointes, comme pour se faire le plus discret possible. Un instant plus tard, Goofy aboya.

– Oh non ! lâcha Léo, paniqué.

Son chien risquait de tout faire capoter. L'individu, dehors, recula nerveusement, mit le pied dans l'un des trous et tomba à la renverse.

– Maintenant ! s'écria Léo.

Les deux enfants enfilèrent un casque en plastique au modèle de super-héros, attrapèrent les deux pistolets à eau qu'ils avaient remplis d'eau glacée et dévalèrent les marches jusqu'à la cuisine. Antoine se prit le pied dans le fil de la lampe haute, qui tomba dans un fracas assourdissant.

Moment d'hésitation.

– Oups, murmura-t-il.

Léo haussa les épaules et chargea vers la porte du jardin. Goofy y patientait, prêt à bondir.

Aucun doute ne s'immisça dans les deux héros qui ouvrirent le battant et s'enfoncèrent dans la nuit. Pistolets en joue, la lampe frontale sur leur casque éclairait leur chemin.

L'homme, sur le sol, balbutia, pris de panique. Il se releva, Goofy lui sauta dessus sous les cris de l'intrus.

– Ne bougez plus ! hurla Léo.

L'inconnu de la nuit les pria de le laisser tranquille. Léo pressa la gâchette de son pistolet.

– Seigneur, non !

Le jet lui inonda le visage. Il cria. L'eau lui glaça la peau un petit moment, lui masquant la vue, avant qu'il ne se calme enfin. Le chien tira sur sa jambe.

– Goofy, non ! s'écria Léo.

Antoine demeurait témoin de la scène, l'arme maintenue droit devant lui, prête à l'emploi.

– Ne bougez pas, ne tentez pas de fuir, ou nous allons vous tirer dessus avec cette eau glaciale ! Et mon chien ne manquera pas de vous retenir.

– Par pitié, non ! implora l'intrus maîtrisé.

Dans sa chute, sa capuche était tombée et laissait son visage à découvert. Il s'agissait bien de Victor Hoyt, le mari disparu de Mme Hoyt.

Goofy patienta aux pieds de son maître, à l'affût cependant.

Ils le tenaient enfin !

13

Troublante découverte

– Où est Mme Hoyt ? demanda Léo.

Il maintenait toujours son pistolet à eau vers lui, prêt à l'utiliser en cas d'urgence.

– Je… je n'en sais rien !

Antoine pressa la gâchette. L'homme cria.

– Nous savons que vous vouliez récupérer le trésor pour lequel vous avez fui il y a un an.

– J'ignore encore où il se trouve. Je ne comprends pas. Je sais que Rébecca et Margareth se sont chargées de le dissimuler. Puis Margareth est décédée et deux types se sont mis à surveiller ma femme. Je pensais qu'en disparaissant, ils la laisseraient tranquille. Mais cela n'a pas été le cas.

– Je sais tout cela, monsieur. Maintenant, vous l'avez kidnappée, et nous voulons la récupérer. Contre le trésor…

Les yeux de M. Hoyt s'illuminèrent soudain.

– Vous avez trouvé le trésor ?

Léo acquiesça lentement.

– Oui. Et nous vous le remettrons lorsque vous aurez relâché votre femme.

– Mais je… J'ignore où elle se trouve. Ce n'est pas moi !

– Difficile à croire, monsieur Hoyt.

Antoine se retira pour aller le chercher. Il revint avec la boîte close, la clé en main.

– Donnez-moi ça, c'est à moi ! rétorqua aussitôt M. Hoyt.

– Vous connaissez la condition !

– Rien ne m'empêche de vous le prendre !

Léo ricana.

– Oh, si ! Goofy…

Le chien grogna en se redressant sur ses pattes. L'homme leva les mains devant lui en le suppliant.

– Il ne vous fera aucun mal si je ne lui dis pas d'attaquer. Et mon pistolet a une sacrée réserve en eau… glacée !

– OK, OK. Mais j'ignore où se trouve Rébecca.

– Très bien. Alors ce sera la gendarmerie !

Léo se tourna vers Antoine. Il était temps. Avec un peu de chance, il réagirait lorsqu'ils seraient en route.

– J'appelle Mlle Sabiet pour nous y conduire !

Léo s'éloigna vers la maison. Au téléphone, Mlle Sabiet leur avait donné son accord. Elle arriva rapidement et entra directement. Elle déboula dans le jardin où ils l'attendaient.

– Oh ! Vous avez fait ce que j'ai dit, parfait ! dit-elle.

Victor Hoyt avait les mains liées par des cordes et ils l'avaient bâillonné avec un simple morceau de tissu.

– Oui, m'dame.

– Où est le trésor ?

– Ici ! dit Antoine.

Il lui montra la boîte posée à côté de Goofy.

– Bien. Nous allons laisser le chien ici, embarquer toutes les preuves, y compris le trésor.

Victor se dandinait. Il balbutia dans sa bouche, on n'y comprenait rien. Léo et Antoine l'aidèrent à se relever. Aussitôt, il les bouscula et se mit à courir vers la maison.

– Rattrapez-le !

Mlle Sabiet se lança à son tour vers la porte. Victor la ferma, continuant sa fuite. Il sortit directement par-devant.

– Goofy, attrape-le !

Le chien galopa. Les deux garçons lui emboîtèrent le pas, Bénédicte dans leur dos.

Devant la maison, Victor Hoyt criait de peur, face contre terre. Encore une fois, il s'était pris le pied dans quelque chose et était tombé. Manque de chance pour lui.

Ils embarquèrent en voiture, les deux garçons à l'arrière, Victor sur le siège passager avant, Mlle Sabiet au volant. Elle démarra vite, quitta l'emplacement, éclairant les fenêtres de la maison voisine. En s'éloignant, Léo aperçut le visage de Badou à sa fenêtre qui les observait.

Ils roulèrent à peine deux minutes sous les arbres pour rejoindre la route principale qui les amènerait à Arras lorsque Bénédicte s'arrêta soudain sur le bord de la route.

– Qu'est-ce que vous faites ? demanda Léo.

Elle se tourna vers eux avec un regard diaboliquement révélateur.

– Descendez tout de suite !

– Mais...

– On ne discute pas !

Elle éclata de rire. Les deux garçons se regardèrent un instant. Mlle Sabiet ouvrit la portière passagère et bouscula Victor Hoyt qui tomba directement par terre.

– Non !

Léo défit sa ceinture. Au moment où il allait intervenir, Sabiet brandit un revolver noir. Le garçon ne bougea plus.

– Descendez ! ordonna-t-elle.

Ils s'exécutèrent aussitôt. La boîte censée contenir le trésor ainsi que la clé était dans le coffre. Elle l'y avait déposée avant le départ. Léo comprit alors. Elle s'était servie d'eux pour retrouver le butin.

En riant, elle claqua la portière et décolla en trombe.

Léo alla défaire les liens de Victor.

– C'est une folle ! dit-il aussitôt. Vous n'auriez jamais dû m'attacher !

– Calmez-vous, monsieur Hoyt.

– C'est une cambrioleuse professionnelle ! C'est aussi la femme de Freddy, une ancienne connaissance qui n'est autre que l'un des deux truands arrêtés il y a deux semaines. Ceux qui ont surveillé ma femme.

Léo écarquilla les yeux d'effroi. En effet, il se remémora les deux gugusses qui avaient tenté, eux aussi, de trouver le magot. Mais le jeune détective en herbe était parvenu à les faire tomber.

– Je l'ai reconnue immédiatement. Maintenant, tout est perdu ! Elle va disparaître !

Léo secoua frénétiquement la tête.

– Non, non, elle va revenir, et vite.

– Qu'est-ce que tu racontes ?

Antoine prit la parole.

– Le trésor, on l'a remis là où nous l'avons trouvé. La boîte est vide.

Lorsqu'elle s'en apercevrait, elle reviendrait au galop !

Ils se redressèrent tous trois et se mirent à courir pour rentrer.

Il n'y avait pas de temps à perdre, pas même la moindre seconde.

14

Piège inversé

Hors d'haleine, ils arrivèrent à la maison. Les muscles de Léo lui faisaient un mal de chien. La porte d'entrée était encore ouverte. Il devait être presque 23 h 30, papa et maman ne tarderaient pas à rentrer, ils étaient mal barrés…

Papy pleurnichard traînait loin derrière eux. Léo avait insisté pour qu'il les accompagne. Il ne pouvait pas laisser passer l'occasion de prouver à tous l'innocence de Mme Hoyt. Ainsi, les choses se rétabliraient enfin.

– Il faut trouver l'adresse de Bénédicte Sabiet. Mme Hoyt doit se trouver là-bas !

Ils foncèrent, laissant la porte grande ouverte. Léo alla chercher l'annuaire pendant qu'Antoine prenait le téléphone de la maison.

Ce dernier pressa plusieurs touches avant de lever les yeux vers son ami.

– Euh, Léo, il n'y a pas de tonalité.

Le petit détective releva vers lui de gros yeux. Il le rejoignit à la petite table et prit le combiné. En effet, rien. Il regarda derrière le meuble. Le fil était coupé.

Elle avait tout préparé en arrivant avant de les rejoindre au jardin.

– Mince. Il faudrait aller sonner chez Badou. J'ignore comment son père va le prendre, mais tant pis !

– OK. Tu as trouvé l'adresse ?

Victor apparut à la porte et la claqua.

– Seigneur, pourquoi tout se passe si mal pour moi ? s'apitoya-t-il.

– Taisez-vous, monsieur Hoyt. Nous tentons de sauver votre femme ! Allez plutôt dans la cuisine en attendant !

Il s'exécuta. Léo trouva l'adresse. Il la recopia directement sur le calepin posé juste à côté du téléphone, mit le papier dans sa poche et regarda son ami.

– C'est parti, on va sonner chez Badou.

Mais, l'instant d'après, des phares inondèrent la pièce à travers la fenêtre. Une voiture stoppa dans un crissement de pneus juste devant la maison. Les deux garçons furent cloués de surprise.

– Euh… Changement de plan, on sort par…

La porte s'ouvrit à toute volée.

– Sales morveux ! Où est mon trésor ?

Léo et Antoine se baissèrent aussitôt derrière le canapé qui longeait la pièce vers la cuisine. À côté, la table à manger. Léo fit signe à Antoine de se taire.

– Où êtes-vous ? Je sais que vous êtes ici !

Léo risqua un coup d'œil sur le côté du divan. Il vit Bénédicte Sabiet le pistolet en main.

Il fallait s'y attendre. Il réfléchit rapidement.

Les pas de la femme tintèrent contre le carrelage. Elle entra dans la pièce.

– Je…

Léo s'interrompit. Il n'avait aucune idée de comment rejoindre la cuisine. Ils ne bougèrent plus.

On entendit les pleurs de M. Hoyt à l'arrière de la maison.

Les pas de Mlle Sabiet se répercutèrent encore, s'éloignant vers lui.

C'était fichu.

– Il faut sortir pour rejoindre Badou…

L'instant d'après, le carillon de la porte d'entrée résonna dans toute la maison.

– Punaise, qui est-ce ?

C'était Mlle Sabiet qui parlait. Elle revint sur ses pas, marchant lentement. Léo sut que c'était le moment où jamais. Le problème étant qu'elle allait probablement accueillir le nouvel arrivant.

– Antoine, sors par-derrière dès que je te le dis, prends les deux pistolets à eau et vide-les sur le carrelage de la cuisine. Ensuite, tu te faufiles à l'extérieur pour rejoindre la maison de Badou. OK ?

Antoine acquiesça.

– Et toi ? chuchota-t-il.

– Je vais me débrouiller.

Ils patientèrent. Une fois que la folle furieuse aux hauts talons eût rejoint le hall d'entrée, Léo donna le signal à Antoine qui se déplaça à quatre pattes.

La porte s'ouvrit.

15

Une arme redoutable

– Bonjour, madam'euh... qui êtes-vous ?

Zut ! Léo reconnut aussitôt la voix de Badou. Son voisin était bêtement venu se jeter dans la gueule du loup...

– Entre donc, toi !

Du mouvement, des gémissements. Elle tenait Badou en otage. Léo ne sut comment réagir.

– Eh ! Léo, j'ai quelqu'un avec moi.

Le garçon ne bougea pas. Il fallait trouver le moyen de libérer Badou. Pas le choix. Il se redressa sur ses jambes. Mlle Sabiet maintenait Badou par l'oreille, son arme dans l'autre main. Elle se tourna directement vers lui.

– Aïe ! se plaignit Badou.

– Tais-toi ! Léo, mon garçon. Tu vas être sage et me dire où se trouve le trésor.

C'était l'opportunité.

– Oui, mademoiselle Sabiet. Mais avant, je voudrais que vous relâchiez mon ami et que vous me preniez à sa place.

– Hors de question.

– Alors vous ne saurez jamais où se trouve le trésor.

– Je peux le chercher !

Léo eut un petit sourire malin.

– Alors allez-y, cherchez. Encore…

Elle marmonna entre ses dents, nerveuse.

– OK, dit-elle.

La porte d'entrée était restée ouverte. Léo vit apparaître la silhouette d'Antoine derrière eux. Badou, debout contre elle, fermait les yeux, grimaçant de douleur pour son oreille.

Elle le lâcha un instant, soupirant. Dans son dos, Antoine brandissait un balai qu'il avait certainement trouvé dans la cuisine. Il fit un clin d'œil à Léo, qui le lui rendit.

– Qu'est-ce que…

Mais le coup que lui flanqua Antoine dans le dos l'interrompit. Elle bascula vers l'avant, manquant de tomber sur le canapé.

– Courez ! hurla Léo.

Badou et Antoine filèrent en quatrième vitesse à l'extérieur de la maison, tout en criant. Léo se précipita lui aussi, mais vers le jardin.

Dans le salon, Mlle Sabiet se redressa en hurlant avant de le poursuivre.

Arrivé dans la cuisine, Léo s'arrêta et se cacha derrière la porte. Il aurait tout aussi bien pu la refermer violemment contre le nez de la voleuse armée, mais cela ne lui aurait laissé que quelques secondes pour fuir.

Le reflet de l'eau sur le sol brillait. Léo souriait lorsqu'elle entra en courant. Elle glissa et bascula vers l'arrière en hurlant. Il retint sa respiration, regardant la scène d'un seul œil.

La tête de la femme cogna contre le carrelage dur. Elle poussa un hurlement. Un coup de feu éclata dans la pièce. Le plafond explosa au niveau du lustre qui, chancelant, s'écroula sur elle.

Le silence s'installa ensuite. Lorsque Léo sortit de sa planque, Mlle Sabiet était inconsciente sur le sol. Il avait réussi.

Des bruits de pas précipités provinrent du salon. Deux gendarmes apparurent à la porte.

– Mon garçon, est-ce que tout va bien ?

Léo hocha la tête.

– Oui ! Tenez !

Il leur tendit la feuille avec l'adresse de Mlle Sabiet.

– Ton voisin nous a appelés il y a dix minutes pour nous avertir qu'une femme armée vous menaçait. Viens avec nous.

– Elle est là. Allez vite à cette adresse, vous retrouverez Mme Hoyt, Rébecca. C'est ma voisine. Elle y est probablement enfermée dans la cave. Mlle Sabiet l'a kidnappée il y a deux jours.

Les deux gendarmes s'observèrent un moment, abasourdis. Léo leur fit signe de se dépêcher.

À deux mètres, Mlle Sabiet ne se réveillerait qu'une fois les menottes passées avec ce qu'elle avait encaissé ce soir !

Léo rejoignit ses amis dehors, avec le père de Badou. Une minute plus tard, la voiture de papa et maman pointa son nez au bout de la rue.

Oups, là, il était vraiment mal…

16

Qu'en dira-t-on ?

Le dimanche après-midi était ensoleillé ce jour-là. La gendarmerie avait arrêté Mlle Sabiet, une bonne chose de faite. Mais Léo s'en voulait de s'être montré si confiant. C'était une adulte, et de plus elle travaillait dans son école. Il avait eu confiance en elle et elle en avait profité. La femme les avait manipulés, ses amis et lui, afin qu'ils trouvent le trésor pour elle. Il avait cru en sa bonne foi, il s'était trompé.

Heureusement, les choses finissaient bien. Les gendarmes l'avaient remercié. Car Bénédicte Sabiet, la vraie, avait été découverte bâillonnée dans sa cave, aux côtés de

Rébecca Hoyt. Les deux femmes avaient été sauvées de justesse.

Manifestement, Mlle Sabiet avait usurpé l'identité de cette dame ainsi que sa maison, prenant sa place juste après la rentrée des classes. Se faisant passer pour elle, la voleuse s'était ainsi rapprochée du voisinage. Maligne. Elle s'avérait également être une criminelle ayant cambriolé plusieurs banques à main armée et profité de dizaines de personnes âgées par le passé. Une fugitive hautement recherchée par les forces de l'ordre.

Léo avait repensé au fait qu'elle avait soi-disant voulu arrêter le cambrioleur chez lui. En réalité, c'était elle qui était à l'origine de cette fouille, à la recherche de la clé qu'elle savait existante. Après l'arrestation de son mari, elle avait persisté à trouver le trésor des Hoyt, en kidnappant tout d'abord Mme Hoyt.

Cette dernière avait déclaré avoir dérouté la femme, la mettant sur de mauvaises pistes, et sachant bien que Léo finirait par découvrir qui elle était.

Elle s'était trompée, là aussi. Car Léo n'avait pas vu juste. Il en avait appris une chose importante : l'apparence de certaines choses est parfois trompeuse. Elle était ainsi parvenue à le manipuler pour qu'il la conduise au trésor.

Heureusement, Mme Hoyt n'avait rien, et sa vie allait pouvoir reprendre son cours. Les gens étaient agglutinés devant la maison, ainsi qu'une horde de journalistes affamés de scoops, témoins stupéfaits de ce qui se déroula ensuite : M. Hoyt présenta ses excuses à sa femme, et parla haut et fort pour démentir les rumeurs qui couraient sur sa pauvre épouse.

Il fut ensuite emmené par les gendarmes avant d'être interrogé sur les raisons de sa longue disparition.

Léo se fraya un chemin parmi la foule jusqu'à Mme Hoyt.

– Je suis désolé pour ce qui vous est arrivé, madame Hoyt.

– Ce n'est rien, mon garçon, ce n'est rien, dit-elle à voix basse. Je suis contente que tu aies réussi à élucider cette affaire, et désolée d'avoir dû l'orienter vers ta maison.

Léo la fixa et lui fit un clin d'œil.

– J'ai retrouvé votre mari. Je vous avais promis. Maintenant, vous êtes lavée de tout soupçon !

Elle sourit.

– Merci, mon grand. Tu es un brave garçon. Et un détective hors pair !

– Et...

Il s'approcha pour lui murmurer à l'oreille.

– Le trésor est toujours caché dans le pot de fleurs, dans une nouvelle boîte. Vous pourrez le récupérer quand vous voudrez !

Elle éclata de rire.

– Merci, Léo.

Il s'éloigna discrètement. Quelques excuses commencèrent à fuser de la part des voisins à l'intention de Mme Hoyt. Léo ne put s'empêcher de sourire, ravi d'avoir pu lui venir en aide.

Devant chez lui, Badou et Antoine patientaient.

– Bravo, Léo.

C'était Badou qui avait parlé. Léo se plaça à côté de lui.

– Merci, Badou.

Le jeune garçon sembla désorienté.

– Pourquoi ?

– Pour avoir appelé la police. Pour avoir sonné à la porte. Tu as bien agi au bon moment.

– Tout était calculé, oui. Enfin, presque !

– Sans toi, nous n'aurions pas pu faire arrêter Mlle Sabiet ni même peut-être sauver le trésor pour qu'il aille là où est sa place.

– Dans un musée, finit Badou.

– Tout juste.

– Désolé, Léo, enchaîna Badou. J'ai été stupide. Tu m'as aussi sauvé la vie. Tu n'as pas hésité. Ce qui prouve que tu es mon ami.

– En réalité, je ne savais pas ce qu'elle dirait quand j'ai proposé de t'échanger contre moi. Mais je voulais te mettre en sécurité. J'ai plus d'un tour dans mon sac !

– Moi aussi ! enchaîna Antoine.

Eh oui, sans lui aussi, la situation serait tout autre. Les trois amis se regardèrent tout sourires avant d'exploser de rire.

Désolé pour mon comportement, continua Badou. J'étais un peu jaloux d'Aurélie. Il y a eu la bonne note, le baiser qu'elle t'a fait…

Léo le regarda avec de grands yeux.

– Oui, je vous ai vus l'autre jour. Puis le trésor… Mais tu avais raison. Nous sommes amis, nous sommes là l'un pour l'autre. Cela ne sert à rien d'être jaloux, tout compte fait. Et puis, si tu es amoureux d'Aurélie, alors tant mieux. Elle t'aime beaucoup aussi, pas moi, mais toi !

Léo rougit soudainement.

– Euh, non… Je ne suis pas amoureux de…

– Salut, les mecs ! dit une petite voix.

Badou et Antoine hochèrent la tête. Léo resta pétrifié.

– Salut, Aurélie. Bon, on vous laisse causer ! On va faire un foot, nous !

Ils s'éloignèrent. Aurélie fixa Léo, un large sourire aux lèvres. Elle était là, comme promis.

– Comment tu te sens ?

Léo haussa les épaules.

– Plutôt pas mal. Mais fatigué. Et toi ?

– Bravo, monsieur le détective. Et danseur. Tu es remarquable.

– Merci, Aurélie.

Elle s'approcha.

– Concernant ces deux petits baisers, j'espère qu'ils ne t'ont pas dérangé.

Il secoua nerveusement la tête.

– Parfait. Je suis vraiment contente ! se réjouit-elle.

Elle s'approcha de lui pour poser ses lèvres contre les siennes. Un vrai baiser. Aussitôt, son corps se raidit pour se détendre ensuite, ses paupières se fermèrent. Le décor tout entier, les sons tout autour de lui, s'estompèrent brusquement pour ne laisser place qu'aux sensations étranges que cela lui procura.

Bon sang, son cœur battait la chamade, ses mains devenaient moites. Sa tête lui tournait à présent. Mais que lui arrivait-il, enfin ?

C'était peut-être ça, le bonheur. Un sourire éclaira ensuite son visage. Il se sentit bien. Même très bien.

Léo Lemoine, le roi des détectives, faiblissait sous le charme d'une demoiselle. Qu'en diraient donc les copains ?

Cela, il le découvrirait bien assez tôt !

Remerciements

C'est avec grand plaisir que je me suis replongé dans la suite des aventures du petit détective Léo. Un personnage haut en couleur, passionné, que j'apprécie énormément. Parce qu'au fond, j'aurais tellement voulu être comme lui.

Je tiens à remercier tous les enfants qui ont croisé mon chemin depuis la sortie, en février 2015, du premier opus des aventures de Léo, dans la collection Polars en Nord Junior. *Sous le clair de lune* a commencé son chemin, et quel beau chemin ! Extraordinaire, plaisant, et très enrichissant.

Si tu ne connais pas la première histoire de Léo, alors n'hésite pas !

Je tiens tout particulièrement à remercier mon entourage, spécialement mes sœurs, mes amies et tous les enfants qui m'entourent dans mon travail.

Mais aussi ma maison d'édition, et tout particulièrement Marion Weber-Massenat, éditrice de Ravet-Anceau, pour cette joie de travailler qui se lie à la joie de vivre. Pour tout ce qu'elle fait pour moi, pour nous.

Pour tout ce que fait la maison d'édition, composée de personnes formidables. Merci de me faire confiance, en retour j'ai une toute grande confiance en vous !

Alors MERCI !

Je suis heureux, comblé et fier d'être dans la collection, aussi bien adulte que junior !

Et je tiens à te remercier, toi, petit Être, de tenir ce livre entre tes mains.

Retrouve-moi sur mon site Internet : **www.hervehernu.com**

Ou sur ma page Facebook.

À bientôt…

Hervé Hernu

Éditions Ravet-Anceau
5, rue de Fives
BP 70123
59651 Villeneuve-d'Ascq cedex
Tél. : 03.20.41.40.70
Fax : 03.20.41.40.75
www.ravet-anceau.fr

Composition : Nord Compo, Villeneuve-d'Ascq
Imprimé en France
Achevé d'imprimer en avril 2016
Dépôt légal : avril 2016
Numéro d'impression : 604105
ISBN : 978-2-35973-548-2
EAN : 9782359735482
ISSN : 2269-0190

Loi 49-956 du 16 juillet 1949 sur les publications destinées à la jeunesse.